olibier nouzou

le dez

éditions BeBo

Guand je be zuis rébeillé ce batin-nà
j'édais gomblètement mouché.

J'ai déciné de brendre l'air.

J'ai rengondré un mouton
gui se predait bour un dez,
qui b'a nit :
– Boi auzzi je zuis mouché.

Boi j'ai nit :
– Buisgu'on est mouchés
il y'a gu'une jose à vaire :
aller drouver le grand bouchoir.

C'est gomme ça gue l'hisdoire a cobbencé.

En chebin on a rengondré
un dez bréhisdorique :
une trombe qui était auzzi mouchée,
elle abait mu meaucoup drop d'eau
dans la ribière et abait dû abaler
guelgues boissons.
– Eho, cadard, où bas-du gomme ça ?

– Je suis bas un gadard,
je zuis un dez mouché d'hobbe et
je bais gerger le grand bouchoir,
zelui qui démouche les dez.
Je te barie gu'il beut auzzi d'aider.
– Ogay, elle a nit,
je biens abec bous.

En chebin on a rengondré
auzzi un dez de gloun qui nous a nit
qu'il abait berdu l'insbiration
et qu'il édait mouché,
il n'arribait blus à rire
ni à vaire des varces.

On lui a nit :
– Biens abec dous,
on ba gerger le grand bouchoir.
Et il nous a suibis.

En chebin on a rengondré
auzzi un groin qui nous a nit
qu'il était mouché
d'aboir drop graddé la derre.

– Biens abec dous, on lui a nit,
on ba gerger le grand bouchoir.

– RGRggruik, il a fait. Et il dous a suibis.

En chebin on a rengondré
auzzi un mec qui nous a nit
qu'il était mouché
d'avoir drop bangé de graides ;
et auzzi une druffe de chien
qui édait mouchée mais ne sabait
ba bourquoi.

On a barché drès longdemps.

Le chebin édait long.

En chebin on z'est auzzi rendu gompte
que bersonne ne coddaissait le chebin.

On allait au bif pour
drouver le grand bouchoir.

– Boi je zais boi !
nous a nit un dez en mois
qui s'abbelait Binoghio
et qui bassait nans le goin.

Si bous boulez, je beux bous embener
boir le grand bouchoir,
je zais où il se troube.

Groix de moi groix de ver,
si je bents, je bais en enver.

N'ailleurs, il vaut que je le bois auzzi
car je zuis rembli de ziure.

– Il vaut se démêcher, j'ai nit.

– Boi, vaut bas me bresser,
a dit le mouton.

On a suibi Binoghio
à la gueue leu leu
jusgu'a ze gu'on boit
des énorbes draces dans un bré.

– Ce zont, a dit Binoghio,
les draces de bas
du grand bougeoir.

Je le sabais mien !
Vous bourriez be rebercier.

Guand on z'est abbrochés
on s'est rendu gompte gue z'était
des mouses de baches.
Za debait sendir bauvais
y'abait des bouches.

On a gompris gue Binoghio
bendait gomme il resbirait.

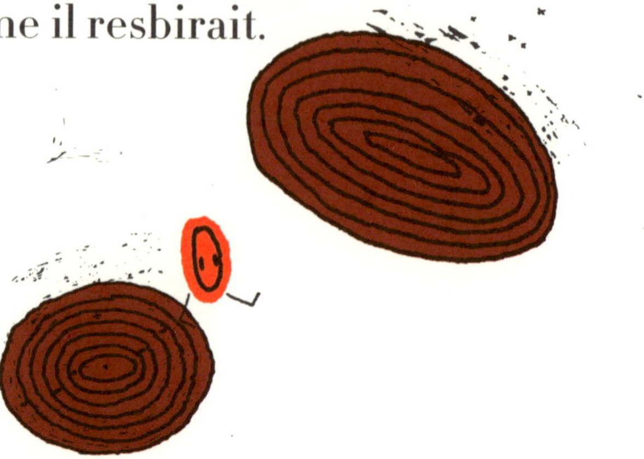

– Bêèèè, a nit le mouton,
z'est dégueudasse
j'en dai blein les bieds.

On édait mel et mien merdus.

On édait désesbérés

amattus

gloués

désamusés

vâchés

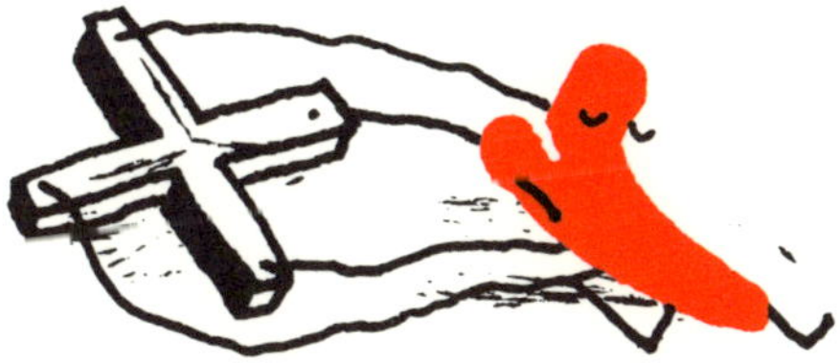

débités

Guand dout à goup on a bu arriber
un édrange bersoddage.

– Le grand bouchoir,
je le regoddais !

– Sergent Bebber,
À VOTRE SERVICE,
il a nit.

Le sergent Bebber
s'est mis à nanser, à tourder.

Et il a laissé de la moudre
buis a fait debi-dour et a disbaru.

Dous dous zobbes dous abbrogés
de la moudre.

– C'est du moivre, a nit le groin,
je gonnais, on s'en zert
bour les gochons.

– J'en ai néjà bangé à la baison,
z'était drès mon,
a nit Binoghio,
mais berzzonne ne l'égoutait.

aaa
a a a
aaa
aaa
a a a

Et là dous éterduèrent.

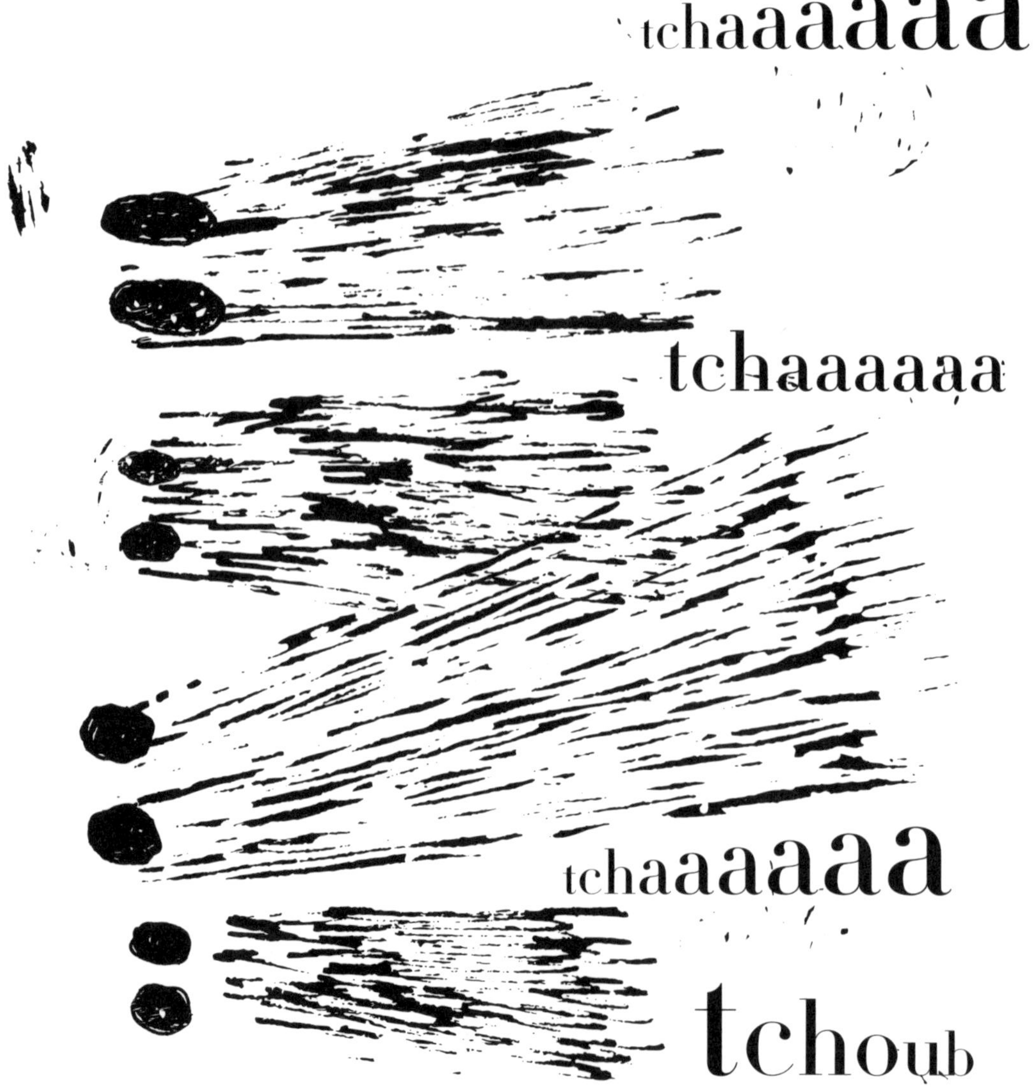

Y'EN ABAIT BARDOUT

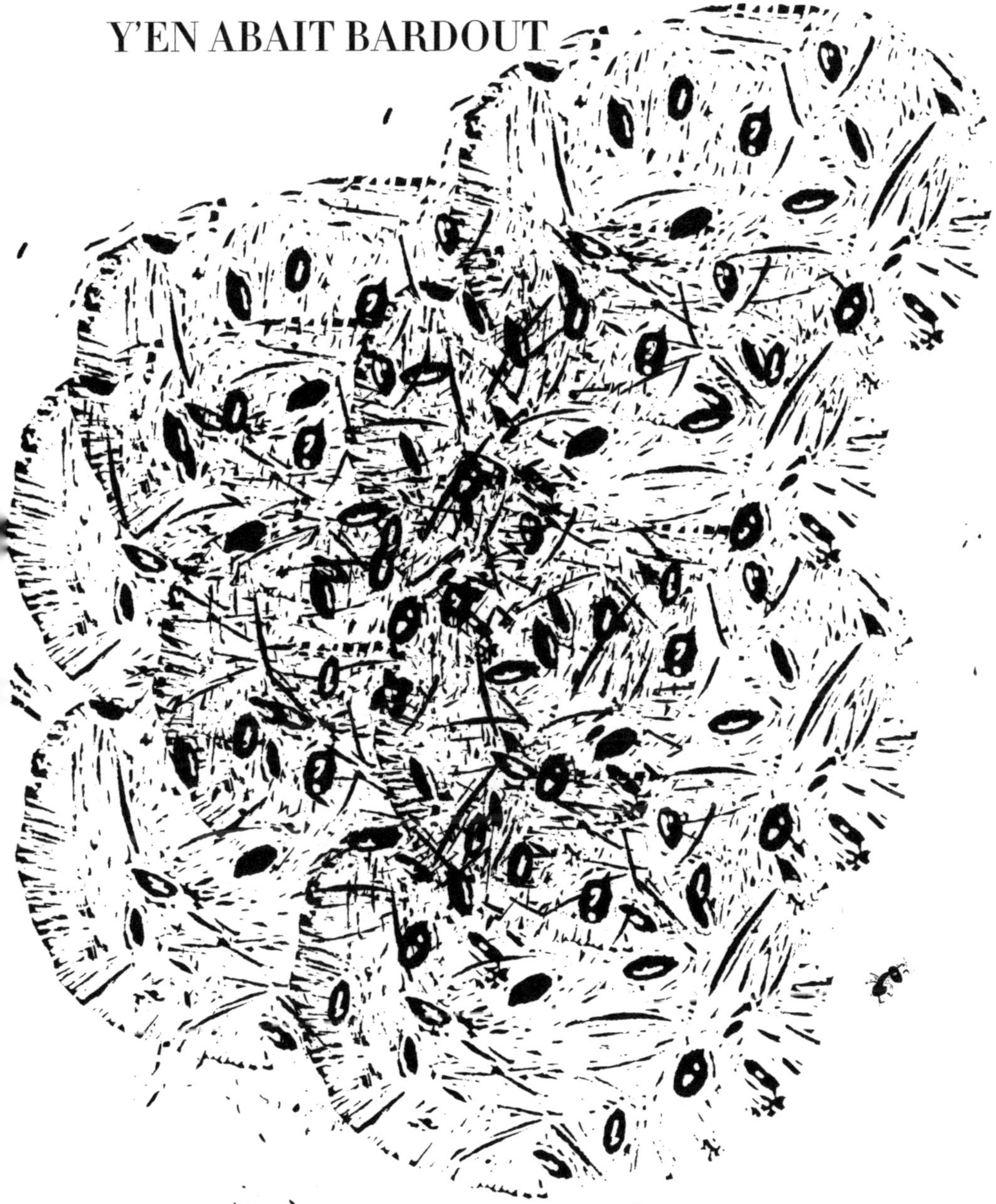

Y' abait des graides, de la derre,
de la ziure, y' abait bêbe des boils de chat.

La trombe s'est bise
à bleuvoir sur boi
avec des trompes d'eau glaire.

Ça faisait rire le gloun
démouché lui auzzi.

ha ha

hi hi

L’hisdoire aurait bu s’arrêter là :
dout le bonde édait démouché
bais bas boi.

J'abais veau resbirer la moudre,
rien n'y vaisait,
pour le mouton z'était bareil,

de doute banière z'édait bas un dez.

Alors dous les neux
on d'a contibué notre chebin vers
le grand bouchoir.

On d'a trabersé des ribières, des vorêts,
et on a rengontré sous un ziel doir
un buseau de tabadoir
qui abait l'air mouché.

Mais en vait
il avait l'hamitude
d'être blein de fourbis.

– Je bais bous gonduire
au grand bougeoir,
a nit le buseau de tabadoir.

– Je grois mien qu'il hamite
dans ce badoir
où il vait tout doir
(za be rabbelait une hisdoire).

On est rendré dans le badoir
et on l'a bu.

Z'était un druc nans une assiedde
avec une bieille mougie dessus
qui vondait et ze morvondait.
– Zouvlez-boi tessus, elle nisait,
zidon je bais m'épuiser et m'édeindre
bour doujours.

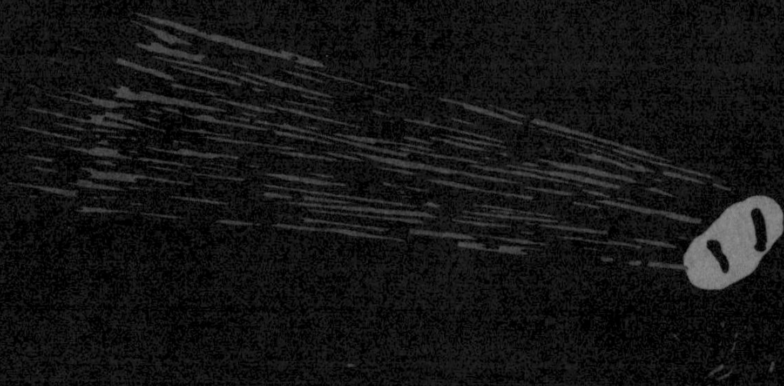

Alors le tabadoir a bouché la mougie
en souvlant sur sa bêche.

Y'abait des fourbis bardout
et on d'est zortis dans le doir.

On z'était trombés,
on abait convondu bouchoir et bougeoir
barce que le tabadoir brononsait bal les bots.

L'hisdoire aurait bu s'arrêter là
bais j'édais doujours mouché.

J'ai barché pendant nes jours,
le mouton me suibait toujours gomme un bouton.

Buis un jour il ne me suibait blus, il abait disbaru
gomme il était benu.

Je resdais zeul, ibbomile et n'y groyais blus
guand je l'ai envin aberçu.

J’édais dez à dez avec lui.
Il édait là, ibbense,
debant boi.

J'abais
envin
troubé
le grand
bougeoir.

Le grand bougeoir m'a bris dans ses mras
et b'a percé, m'a zerré dellebent vort
gue j'ai bien gru m'édouvver.

Je be zuis bouché.

L'hisdoire aurait bu s'arrêter là.

J'étais gomblètement démouché,
je n'en groyais bas bes darines.
– Bincez-boi, je rêbe, j'ai nit.
Vaçon de barler, j'aurais dû be daire,
après c'était mire.

Le grand bougeoir z'est agidé
pour be dire aureboir,
m'a serré la bince et z'est envolé.

C'est bas
mossible

bais c'est bas
mossible zette hisdoire.

J'édais à doubeau zeul,
je zendais rien, je boyais rien,
j'étais zale gomme un bou.

Je zuis rendré
en debandant aux bassants
où je bourrais brendre un pain chaud.

Et z'est ainzi gue
j'ai vini dans une moulangerie.

Voilà gomment je be zuis rébeillé,
je suis à brésent dans un bain,
j'ai de la bie blein les darines.

UNE HISDOIRE DE VOUS.

UN SONGE BEUT-ÊTRE,
BEUT-ÊTRE UN BENSONGE
GOMME EN VONT LES DEZ GUAND
ILS S'ALLONGENT.

UNE HISDOIRE DE GOGOL.

APPENDICE

CETTE HISTOIRE DE NEZ EST VRAIE,
PUISQU'ELLE A ÉTÉ IMAGINÉE
PAR GOGOL EN 1835 :
LE NEZ ENVOLÉ DU MAJOR KOVALIOV
LUI FIT PERDRE LA FACE.

L'AUDEUR